Xiron Poetry Club

磨 铁 读 诗 会

The

疯子

Charles Simic

[美] 查尔斯 · 西米克 著

李晖 译

Lunatic

江苏凤凰文艺出版社
JIANGSU PHOENIX LITERATURE AND
ART PUBLISHING

图书在版编目（ＣＩＰ）数据

疯子 ／（美）查尔斯·西米克（Charles Simic）著 ；
李晖译 . — 南京 ：江苏凤凰出版社， 2022. 5
书名原文：The Lunatic
ISBN 978-7-5594-6362-3

Ⅰ . ①疯… Ⅱ . ①查… ②李… Ⅲ . ①诗集 – 美国 –
现代 Ⅳ . ① I712.25

中国版本图书馆 CIP 数据核字（2021）第 231677 号

版权局著作权登记号：图字 10-2021-524

疯子

（美）查尔斯·西米克（Charles Simic） 著　李晖　译

责任编辑　张　倩　王娱瑶
特约编辑　里　所　修宏烨
装帧设计　周伟伟
出版发行　江苏凤凰文艺出版社
　　　　　南京市中央路 165 号，邮编：210009
网　　址　http://www.jswenyi.com
印　　刷　河北鹏润印刷有限公司
开　　本　880 毫米 × 1230 毫米　1/32
印　　张　3
字　　数　45 千字
版　　次　2022 年 5 月第 1 版
印　　次　2022 年 5 月第 1 次印刷
书　　号　978-7-5594-6362-3
定　　价　42.00 元

江苏凤凰文艺版图书凡印刷、装订错误可随时向承印厂调换

献给海伦

目 录

IV

I

今日菜单

先生，我们全部所得
是一只空碗和一把勺子
供你啜食
大口的空虚，

让它听起来
像一份黏稠的浓汤
热气腾腾
你正从这只空碗里吞食。

黑猫饲养人

他的大衣口袋里
装着一窝新生的幼崽
在街上溜达着，
放一只小猫出来
自由地到处跑，作为对我
和对他视线内所有其他人的警告，
戴着他的墨镜，
希望不被人认出来，
走进一家花店买花
为一两场即将举行的葬礼。

疯子

同一片雪花
从灰色的天空飘落，
整个下午，
不断地
落了又落
从地上爬起
再落下，
但此时更神神秘秘，
更小心翼翼
因为夜正溜达过去
看看是怎么回事。

哦，春天

哦，春天，如果有一天要面对行刑队
比如像今天，我要在耳边
戴一朵你路边的
野花，高抬起下巴

像一名糕点师
站在获奖的结婚蛋糕旁，
微笑如一名理发师
正在为卡梅隆·迪亚兹[1]洗头。

美好的一天，你穿过城镇
如一场忏悔星期二[2]的游行
与头戴彩色羽毛的女士们一起
坐在你的花车上，

留月亮在空中
当我们的守夜人，用它的灯笼
查看树林里可能隐藏的
每一片最后的雪。

[1] 卡梅隆·迪亚兹（Cameron Diaz，1972—　），美国电影演员，模特。
[2] 基督教节日，也称作油腻星期二，会有狂欢节庆祝活动，开始于主显节
或主显节之后，在圣灰星期三前一天结束。

自我介绍

我是失眠症患者的无冕之王
用一把剑跟自己的灵魂搏斗，
是天花板和关闭的门的一个学生，
以 2 加 2 不总是等于 4 作赌注。

是一个拉手风琴的快乐老灵魂
在太平间上夜班。
是一只从疯子脑袋里逃脱的苍蝇，
在他头颅边的墙壁上休息。

是乡村牧师或铁匠的后裔：
两位闻名而不可见的魔术大师——
一个叫上帝，另一个叫撒旦
不情愿的舞台助手，当然，
假设我，就是我所代表的那个人。

永恒

小店，是否你只出售
蜘蛛网和阴影？
在你昏暗的内部
我看见我苍白的映像

如一名绅士窃贼
在一条珍珠项链
和墙上的一座古董钟之间
犹豫不决。

雨滴模糊了其余的部分，
顺着玻璃往下滴淌
我把额头贴上去
仿佛要为它的热度降温。

深夜调查

你是否向自己介绍过自己
以一个门外来访者的方式？

是否在你的房间里为每一个
你任性的自我找到一个位置

以退回到他们自己的思想
或望着前方发呆，仿佛那是一面镜子？

是否有一根可以点亮的火柴
让他们的影子在墙上跳舞

或梦一般在天花板上飘浮
像夏天午后的树叶，

直到他们鞠躬和幕落
当火柴燃烧到你的指尖？

寻找灵魂伴侣

重新对松饼和杏仁饼干上瘾，
最早跟苏豪区一家法国面包店
和附近一两个上等的下水道有关，在那儿
他学会了一些关于生活的深刻的东西。

近来沦落到潜伏在廉价小餐馆外面，
将他颤搐的胡须藏在一只垃圾筒背后，
或为了几颗爆米花与鸽子们打架，
此刻他寻找到一块惬意的褐砂石，上面

没有猫、捕鼠器和掺有毒药的诱饵，
他阔绰的主人举办着奢华的晚宴，
而他将在那儿自由地混迹于银行家和律师之间，
坐进他们妻子的大腿，像一只养尊处优的宠物。

词典

或许在某处有一个词
可描述今天早上的世界，
一个词，讲清晨之光
乐于把黑暗
驱赶出商店橱窗和走廊。

另一个词，讲光逗留于
一副金丝边眼镜，某人
昨晚将它丢弃在人行道上
摇摇晃晃着摸索而去
自言自语，或突然唱起歌来。

白色迷宫

每一张空白纸上
都有一个，在等着你。
因此，小心那个看守它的
怪物，他是隐形的
当他向你冲来，带着
武器而你只有一支笔。
并要留意那个
会过来帮助你的女孩
她脑瓜灵敏，带一只线团，
将牵着你的鼻子
走出一个迷宫，进入另一个。

故事

因万物都叙写自己的故事
无论多么卑微；
世界是一本大书
翻开在不同的一页，
按一天中不同的时刻，

你可能读到一缕光线的
故事，假如你愿意，
在午后的寂静中，
看它找到一粒遗失很久的纽扣
在角落里，一把椅子下面，

小小的黑色的一粒
是她黑连衣裙背后的，
曾经她让你扣扣子，
而你一直亲她的脖颈
摸索她的乳房。

自得其乐

那片剩下的、几乎不动的叶子，
整个漫长的冬天，风也没能
将它从那棵光秃的树上吹落——
那就是我！那老头儿想，

他们用轮椅把他推出来
让他观看孩子们
在公园玩耍，他们的母亲
整天闲聊着她们的邻居；

鸽子轮番自一辆新到的
停在教区教堂前的灵车上
起起落落，时时
拖动他的视线。

遇见艾迪

他的生活欢快如一只啤酒罐
沿一道山涧飞奔而下，
避开一些石头，
迎面又撞上其他的，

像一个坐在琴凳上的小女孩
陷入一种头晕目眩的旋转，
水流冲过时对他喊道：
你准备好去见上帝了吗？

随着他周围的树林开始变得稀疏
树木戴上它们骇人的假发
这时他准备越过瀑布
像一个被绑在手风琴上的盲人。

我们这一帮

像飞蛾
围绕一盏街灯
我们曾经
在地狱。

迷失的灵魂，
个个都是，
如果遇见，
请退回发送人。

那位老妇人告诉我的

他每天晚上锯掉我的头，
每周还有两次日场表演。
有些观众会晕倒，
其他人会站起来鼓掌。

那时是夏天。城市
因即将到来的节日周末而空空荡荡。
广播里说，一对新婚夫妇
被困在电梯里几个小时。

上帝的助听器需要一节新电池，
她告诉我说。
昨晚街上有人哭着喊
救命，一个女人
恳求一个男人别打她。

因为她就坐在窗口，
所有别的人早就去睡了之后
她才无意中听到和看到这样的事情，
还有许多其他的，太可怕不敢提及。

新发型

这颗又老又钝的脑袋里有着各种各样的想法，
其中有些很荒唐，当然。
它们在一根绑成绞索、吊在天花板上的
绳子下面锯着四根木头打造一张床。

在这颗陈旧的脑袋里有一个女人在脱衣服，
一台收音机对自己轻声歌唱，
一只小狗在绕圈跑。
有一名警卫在来回巡视，
戴着一顶滑稽的帽子仿佛是新年前夕。

哦神秘啊！最最好的尼娜·德尔加多，
我看见她的名字被喷涂在工厂的墙上，
而她像远方一棵树上掉落的一片树叶
此刻正平静地飘向大海，或回到我身边。

一颗脑袋里有如此多散漫的螺丝钉——
是上帝或魔鬼锻造的吗？
在一颗这么老的脑袋里，还有个人
不时地朝一面镜子窥视
并战栗，因为那里没有一个人。

夏末的某个傍晚

当风起于湖上
搅动树的记忆，
它们深色的树叶
在渐渐暗淡的日光下涌动
带着一种倾泻的柔情，
抑或是痛苦？
令我们所有人陷入沉默，
围坐在野餐桌旁
不确定此刻是继续喝东西
还是该起身回家。

Ⅱ

我们当心点

可以说更多
关于一间小棚屋
窗子里的
一只死苍蝇，
关于一台铁制打字机——
没抬起过一个键
已有数年，
它们都处于兴奋
与黑暗的绝望中。

当你翻过那座小山

你会看见奶牛在田野上吃草
或看见一只鸡，或是乌龟
正悠然自得地穿过马路，
一个小小的湖，曾经有个男孩
将一个不会游泳的女孩扔进水里，

好多巨大的枫树和橡树
供奉着充足的阴凉，
你可将自己挂在树枝上，
假如你愿意，
在某个慵懒的下午或者黄昏

当某种东西让鸟儿安静下来，
村子里的一盏路灯
与几只飞蛾为伴，
一座巨大的旧宅正张贴出售
有几扇窗户已经破了。

一到十二月

天空就成了另一种，
另一种光
在寒冬的原野上，
另一种黑暗
跟随着它的步履，
渴望寻求我们的陪伴
在这些被冻伤的小家里，
勇敢地站着
视野内没有一条狗。

秃树

我的一个想法
随一片被风吹落的
树叶私奔，
随两只乌鸦
从另一棵树上飞起
相互紧追着
穿过荒凉的风景，
像一名疯狂的神父
拖着一名牧师。

光

我们的思绪喜欢它
静静的在这没有鸟的
黎明，喜欢晨曦
安照着它所发现的世界，
对风从一棵树上
吹落的苹果，
或一匹从围栏中挣脱
静静在一小片
家庭墓地的墓石间
吃草的马
不做评论。

夜间音乐

小溪，正从我家旁边流过，
我喜欢你自己哼唱的
曲调，夜晚来临
只有我们两个醒着。
有你陪伴着我
我便不惧怕
床周围的黑暗
和头脑中的想法
蝙蝠般在老教堂和坟场之间
狡诈地飞来飞去。

别数落那些鸡

让它们在院子里
随意地啄食，
或是走过去
站在路边。

昂首阔步的公鸡
会盯着它们，
直到是时候撤退
到一棵树底下，

等高温过去
而孩子们回来
玩他们扔下
躺在尘埃里的玩具。

因为，这个周日，
其中一只鸡可能失去脑袋
被倒提双脚
挂上仓库的一根钉子。

牧歌

那是一株被拔起的树根
还是草地上牙医的椅子？

那吃草的奶牛可能是护士，
但我没看见医生，

要不，是那只杂种狗在奔跑，
摆动着耳朵，摇着尾巴。

我说话时

那只胖橘猫
溜进溜出
于镇上的监狱
只要它乐意，
怎么样？

水手辛巴达 [1]

乡间漆黑的冬夜，
穷人和老人们
家里面只点一盏灯，
暗得看不清东西，
就像一个人将船划到
看不见陆地的地方，
把船桨放下来
歇息，点上一根烟
而周围是寂静的海水——
或黑暗的原野
飘落的雪让那里一片寂静？

[1] 辛巴达，或译为辛巴德，《天方夜谭》中的人物名。

死刑

这是最早的日出
也是最安静的。
鸟儿们，出于自身的原因，
在树上保持缄默，
树叶自始至终
都不动声色，
只有高处的树枝上
少数几片叶子
被洒上新鲜的血迹。

三头奶牛

这肯定是祈祷
再次出生
并在这块漂亮的草地上
并肩吃草的奶牛。

一整个夏天都是如此，
抬头只是为了
用它们悲悯的眼睛
看看某个像你这样的可怜鬼，

停在它们的栅栏旁，
疲惫于这样那样的想法
而此时你振作起来
发现自己有几个伙伴。

失踪的时间

这样的夏日午后
连时间也歇息了一下
在草地上晒太阳
像一个陌生的女人
半裸着躺在那儿
戴着墨镜，
一直待到似乎永远
不会来的傍晚。
只有一个影子
从教堂或一棵树上
时不时偷偷看一眼
又痛苦地退回去。

葡萄酒

无论你对我有何种安慰，
陈年的红酒杯，
都在我的耳边说吧，
随着我每一小口啜饮，
只在我的耳边，
在这被广播里的新闻，
被落日濒死的火焰
变得庄重的时刻，
而我院子里的树木
正穿上它们的黑外套。

在我祖母的年代

死神请一位老妇人
帮他缝纽扣
她答应了，从床上
爬起来，借一根
神父摆在她头顶上方的
点燃的蜡烛，
开始找她的针和线。

黑蝴蝶

我生命的幽灵船，
被棺材压着
扬帆起航
在傍晚的潮汐上。

III

走失的人

有一天，一番忙忙碌碌之后，
我在纽约的某个街角
停下来歇一口气，
人们匆匆经过我身边，
都坚定地去往某个地方，
除了几个人游荡如走失的孩子。

我的青春变成什么样了？
我想拦住一个陌生人询问。
"它藏起来了。"一位老人说，
她看懂了我的心思。
"正在和鲨鱼游泳。"一个醉汉附和着，
用一只血红的眼睛盯着我。

那时是夏天，安静如鸟儿降落般，
人行道上撒落一层雪
我因为没穿外套而发抖。
希望我们会重逢，我告诉自己说
喝一杯，回忆一下那些夜晚
那时我们常把这小镇刷成红色。

我想象你现在还穿着紧身衣，
你会对我说话，
朝医生和护士做鬼脸。
然而，这里到处是跳蚤，
你躲闪着汽车和公共巴士
跟一双漂亮的腿回家。

"你呢，犹大，"我鼓起勇气喊道，
"你会来参加我的葬礼吗？"
但他已经走远。天色已晚，
很晚了——而且既然
对此也无能为力——
我想我还是自己蹒跚前行吧。

在布鲁克林大桥上

或许你就是日落时我看见的许多的黑点
之一，他们缓缓移动或静静站立，
注视着空中的海鸥或桥下的驳船
——满载垃圾穿过河流。

是那个，他家人不想听到他消息的人，
在去上一节夜校表演课的路上，与他迎面
走过的，一位年老的中国侍者，
还有一个健美运动员牵着一个护士的手。

是那个我一直想碰见的人会怎么样呢？
尽管我几乎不记得她的样子，
她可能是在此逗留的少数几个人之一，或者
是上次我朝那个方向瞥视之后就消失的那一位。

越狱者

今天在街上，
我曾爱过的一个女孩的名字
从我舌尖上飞离，
像被疯子关在火柴盒里的
一只宠物苍蝇——
消失了！
使得我老半天
张口结舌，
每个经过我身边的人都能看见。

哦，记忆

一直以来你都去拜访
那位驼背的裁缝
在他早已破败的小店，
希望从他的镜子里
瞥一眼你自己，
当他在一件小孩的
黑色西服上插上钢针
用粉笔画上标记，最后
被看着和它的裤子一起
挂在你祖母的阁楼里
一根高高的横梁上。

灵媒

这张圆桌属于一个女人
她时常召集幽灵们来访
将它们神秘的信息传递给
手拉手围成一圈的客人，
他们的脸被朦胧的烛光照亮，

希望看见他们爱的人出现，
或至少听到那熟悉的声音
再一次跟他们打招呼，透露
一个来自阴间的秘密，
让房间里的某个人捂住耳朵，
另一个人突然抽泣，

而厚厚的窗帘之外，
雪花开始降落
在这寒冷、黑暗、寂静的夜，
每个人都决心要埋葬某样东西，
无论它多小，或者多大。

路过殡仪馆

那儿住着一个漂亮姑娘
她来来去去
旋转着她的红裙子
像西班牙舞娘；
还有一个瞎眼的老术士
我从来没看见过他，
他有一排的女人
等候在楼梯上
直到深夜，
她们低垂着头，
紧抓着手里的钱包
或诵念无声的祈祷。

大清早

看见一位老妇人在一家杂货店外面
为区区几枚硬币发愁，让人心痛——
我很快就忘记了她，因为我自己的悲伤
又找上我——一位死亡之门前的朋友
以及我们一起度过的那个夜晚的回忆。

后来我心底有那么多的爱，
本可以赤身裸体跑到街上
相信遇到的人都会理解
我的疯狂，我需要告诉他们
生命既残酷又美丽，

但我没有——尽管有不可否认的证据：
一只乌鸦伏在路边一只死松鼠身上，
某个院子里紫丁香正在开放，
一只挣脱了链子的狗
在邻居家一只垃圾筒搜索食物。

竹园

厄运，我自己的，坐下来听我说：
你每次都失踪好几个月
为新的灾祸做准备，
然后在某个漆黑的夜晚过来把我摇醒，

擦着你脸上的汗，跟我
要一杯水，一边嘟囔着
说什么苦乐参半便是我所能
从现在自己这样的生活里期待的，
我听着，仍不知就里，像一个盲人

捧着一个签语饼 [1] 在一家中国餐馆
等待一个侍者过来
读给他听，但没有一个人来，
因为天色已晚，竹园关门了。

[1] 签语饼（fortune cookie），也译作福饼，在美国的中餐厅里倍受推崇，是一种脆甜的元宝状小点心，里面藏着祝福客人会遇到好运的小纸条。

湿火柴

又来了，这短暂、灰暗的日子，
低矮的天空，不间断的雨
在这些废弃的街区
有人看见一列火车。

老人们在未点灯的
房间窗口昂着头
或静静回去
脸朝墙壁躺着。

甜美的夏日已不可挽回，
孩子们在学校
做着悲惨的功课
而他们的父亲在打桌球。

女孩有了麻烦，要受责备的男孩
浑身湿透，瑟瑟发抖，
举着一根湿火柴凑近她的香烟，
你的巴士来了！

在珠宝店

一架习惯于称量宝石的
小秤静坐着
当他把一只放大镜
卡进他的眼睛。

外面，一场冰冷的毛毛雨
开始拍打灰色的人行道。
成群的黑雨伞
使街道的景色变暗。

这时她倚在柜台上，
嘟囔着那枚小小的戒指
对她有多么重要，
而他赶紧把它还回去。

坏电话

说不清是什么事或什么人
让我坐下来玩这个游戏，
许多年后我还在玩
但从来没学会它的规则
或弄清谁输谁赢，

甚至当我绞尽脑汁
研究我投在墙上的影子
像一个人整夜守在一部坏掉的
电话机旁等待一个电话，
跟自己说它可能还会响。

周围的寂静如此之深
我听到有人在洗一副纸牌，
但当我吃惊地回头去看，
只见纱窗上有一只飞蛾，
它跟我一样，大脑兴奋得无法入睡。

我们的游戏场

杀人犯在工作，我们
在他们的影子里玩耍，
用泥巴捏出士兵，
玩完后
就踩在它们身上。

走在街上的女孩们
给我们面包吃。
夜里我们蜷缩在门口
一只跛脚的老狗
让我们保持温暖。

我的朋友，我的玩伴们，
我们从没看到死者，
听到枪声后，只有
鸟儿四散而逃
我们则迅速低下头。

傍晚的罪恶

维纳斯和蟑螂一起洗澡。
所有其他人隐藏不露；
他们的窗户或明或暗
都挂着肮脏的窗帘。

雪从黑暗的天空唾出来
使人行道变得险恶，
街上甚至没一个人影
或一辆汽车行驶。

幻想，魔鬼的老帮手，
向我招摇她打着肥皂的
赤裸的乳房，我匆匆走过
因为风吹得我脸颊刺痛。

盛筵

今晚和你的痛苦一起
用餐，气派点，阿黛尔。
戴上你的银色假发
穿那条黑裙子
露出大片的乳沟，
傲慢地让它坐在
桌子的最前面，
将这场空盘子盛筵
之后肯定会有的
亲密，留给
你的朋友去想象。

行刑者的女儿

等待她搓洗完她父亲
衬衫上的血迹之后
来到我身边，
已听到我房间外面
坚硬的地板上她赤脚的声音，

其间我迅速地想出办法
让我的双手忙起来
随着她跨出她的短裙，
亲吻中我向她解释
我如何在投身于各种注定失败

的事业中浪费了一生之后
在死神最漂亮的女儿
怀中找到了幸福，
照顾她的床笫之需
趁我肩膀上还有颗脑袋。

跳蚤

小跳蚤最爱看的
是一对情侣脱光衣服
跳上床，迅速地
完成他们的
做爱，这样就能
让他们完全供它享用，
当他们在彼此的臂弯里睡着，
停下他们的鼾声
只为给自己抓痒。

秋天的傍晚

可怜的金鱼
有个小孩将它扔在了
雨水坑。

不，比那更糟！

它正在一个死人的
泡菜坛子里
游泳。

是啊，可怜的鱼儿！

在我们这座监狱

狱卒是如此谨慎，
从没有人看见他
四处走动，
只有勇敢的灵魂
才敢在灯灭时
轻敲他牢房的墙壁，
希望被偶然听到，
假如不是在天堂的天使之间
便是在地狱里的被诅咒者当中。

IV

这小镇不错

一条小河，一座桥，
之后，是一排白色的房屋
有修剪整齐的草坪，
一条肥胖的罗圈腿的狗
从路边慢吞吞走来，
嘴里叼着一张报纸。

开车兜风

然后到我们的缅因街
看上去，就像
被弃置的电影片场，
导演耗尽了资金
和才思，
因为一个紧急通知
将他的整个摄制组解雇，
为角色装扮好的
年轻漂亮的女演员
站在艾玛小姐婚纱店
满是灰尘的橱窗前
带着苦涩的微笑。

夏日傍晚

逗留在树下和我能听见
但压根看不见的小鸟闲聊，
此时夜晚降临，沿街的几户
小房子亮起了灯光，惊吓到
一只嘴里叼着什么东西的猫。

下一个街区，一家旅行社
橱窗里有一张威尼斯海报
我琢磨了好一阵，以便确定
大运河上那些船只是否
离目的地更近了一些。

长满杂草的铁轨的另一边
一家小而昏暗的游乐场
里面有旋转木马，一个射击馆，
一对年轻夫妇用一支来福枪
在一排行进的鸭子上试运气。

我继续漫步，思考着，迟早
会拐到回家的路上，独自一人
或由某个真实或想象的朋友陪伴
——用他的白色手杖敲打着人行道
或是正在附近递送中国菜。

那真是个美好的夜晚

一小队寻欢作乐的人
很可能是被附近某个派对
或一个夜间廉价酒吧
赶了出来，
仍旧大声喧闹着
摇摇晃晃走在街上
一个穿着婚纱的女孩
拖拉着跟在后面，光脚
拎一双白鞋子
仿佛在蛋壳上行走，
朝前面一个人喊道：
"嗨，你！他妈的
你这是要去哪儿？"

永恒

一个抱在母亲怀里看游行的孩子
和公园里那个向围着他的鸽子
扔面包屑的老人，
他们会不会是同一个人？

知晓答案的失明妇人回想起
看见一艘轮船，像城市的一个街区那样大
在夜里灯火通明地经过他们厨房的窗口
驶向黑暗的波涛汹涌的大西洋。

光

不可否认，你做着一种
奇特的工作，银河旅行者
今天一早我看你
跪在我床边
帮我的一双旧鞋
找到它们走出黑暗的路。

记忆火车

说回魔术师曼德雷克，
这个神秘的男人，经常
出现在风光人物
和下层民众中，
当母亲一边揉馅饼面团
一边对着收音机晃动臀部，
还有那只肥胖的罗圈腿的狗
在一只红皮球上流口水，
这时一道闪电，接着是
隆隆雷声，突然的黑暗
降临到我们所有人。

马

半夜醒来，发现一匹马
静静地站在我床边。
我的朋友，很高兴你在这儿，
我说。下雪了你在路边的马厩里
与双双死去的农民夫妇在一起
一定又冷又孤独。

我要给你披一条毯子，去看看
厨房里是否有块方糖，就像
我在马戏团看见的一个戴礼帽的
男人滑步走向一匹母马，但我怕
我回来时你可能已经离去，所以我
还是待在这儿，陪着你在黑暗中。

一瞥

这面镜子了解我的一切
当我拿起剃刀对着我的脸。
哦，亲爱的上帝！
那双对我说话的眼睛：
此刻之外一切都是谎言。

*

今天，当我看向窗外
院子里的那些树，
一个声音在我头脑中低语：
它们不是很伟大吗？
在午后的炎热中
没一片叶子晃动。
没一只鸟儿敢窥视
并让时钟的指针再次移动。

*

或者有一次，当暴风雨
扯下我们街上的电线
我点燃一根火柴，瞥见
我的脸在黑暗的窗玻璃中
惊讶地张着嘴
看见一颗门牙
像一名穿着白围裙的屠夫
等待顾客走进他的大门。

*

这让我想到那种情形：
一只即将入睡的手盲目地
伸出来，突然抓住
一只苍蝇，握紧了不松手，
静听房间里的嗡嗡声，
然后是拳头里的寂静
仿佛里面关着一个殡葬员
在一副新棺材里小睡。

候鸟

要是我有条狗就好了，这些聚集在
我院子里的乌鸦就别想再安生。
要是邮递员在我的邮箱边停一下就好了，
我就会站在路上看一封信
让你们所有经过的人都羡慕。

要是我有一辆好用的车就好了，
我要在一个冬日开到海边
坐看那些波浪
想伤害巨大的岩石，
却在一次次尝试之后溃散如鼠。

要是我有一个女人在寒夜里
为我煮一些热汤多好
也许还会烤一只巧克力蛋糕，
我们会拿一块到床上
在我们做完爱之后分享。

要是我的眼睛能看得更清楚多好，
我就能辨识鸟类的迁徙
在广阔的海洋和沙漠之上
看它们每年春天都要回到我们身边
在去过许多温暖和异国情调的地方之后。

黑暗中涂写

像一支爆竹
在床上
坐起来，

吓一跳
因为想到
我的死。

*

噩梦旅馆。

夜班职员
聋得
像一把鞋刷子。

*

身体和灵魂

装扮成
皮影木偶，

在每个房间的墙上
表演着它们的闹剧
和悲剧。

*

哦，迟缓的雪花
在我漆黑的窗玻璃上
飘落而融化。

永恒，你这沉默者，
想听到你
今夜发出一个声音。

*

轻点儿，现在跳蚤们还醒着。

穿越

一个无名的，
不起眼的家伙，
比一只跳蚤还小，
昨晚悄悄溜过我的枕头，
没有被我打扰，
可怜又卑微，
急匆匆地，我敢说，
他要去一座教堂
感谢他的圣徒。

暗夜

因为永生太无聊，
天使们在天堂里玩纸牌。
魔鬼们在地狱里打扑克。
夜深人静时你可能
听见纸牌拍在桌子上的声音。
上帝玩着一种单人纸牌游戏，
撒旦也在玩另一种，
不过他又是诅咒，又是欺骗。

西洋景

瞧！地狱里一个雪球
在一片燃烧的湖边。
一个恶魔的小鬼
正准备将它狠狠扔在
一个身体赤裸
新来的被诅咒的女人背上，
她还戴着新娘面纱。

哦，我说

我的主题是灵魂
难以谈论
因为它无形，
沉默且往往缺席。

即便它在一个孩子
或一只流浪狗的
眼睛里显现
我还是不知道说什么。

冬天的鸟儿

我们的这些战争和它们日常的恐怖
只有少数人思考和关心，
其他人则悄悄离去与它们搏斗，
回到棺材里他们的亲人身边。

早期的黑暗使人很难
驱除这类想法，或用一本书
来分散自己的注意力，
再次找到梭罗[1] 的那一段

其中他讲到那首古老的大诗
名叫冬天[2]，它年年都来，
未经我们任何默许，或者可能
是那一段：他祈求上天

让我们在这样的日子看见
鸟儿鲜艳多彩的羽毛，
在院子里冰冻的树丛和灌木间
回想起夏日的舒适与辉煌。

[1] 亨利·戴维·梭罗（Henry David Thoreau，1817—1862），美国作家、哲学家。
[2] 见《梭罗日记》1856年12月7日篇（*7 December 1856, journal IX*：167-168）。

一个宁静的下午

被一个不知其名的恩人
慷慨地赠予我们享用
他确保天空是蓝色的，
和风拂动

而我们躺在树荫下，
在午后的静寂里
眼皮沉重，哈欠连连
一声长似一声。

当最后一片树叶安静地飘落
而时间自己也停下
它色彩鲜艳的马戏团大篷车
远离所有的村庄和城镇。

大篷车里每一张牌都正面朝下，
只允许田野上的一匹马
甩动它的尾巴，一个晒裸体
日光浴的女人在拍打一只苍蝇。

如此

漫长的一天结束了，其间发生的
那么多而又那么少。
巨大的希望破灭，
然后又半心半意地恢复。

镜子变得生动或空虚，
服从着偶然的机缘。
教堂大钟的指针移动
时而轻缓，时而激烈。

夜降临。大脑和它的奥秘
加深。红色霓虹灯
出售烟花出现在马路对面
一座阴森的老建筑屋顶。

一株几乎没叶子的盆栽
无人浇水也无人注意
将影子投在卧室的墙上
看上去，就像狂妄的快乐。

致谢

本书诗歌最初发表在以下杂志上，在此向它们的编辑表达诚挚的感谢：《纽约客》《纽约客书评》《华盛顿广场评论》《Slate》《南方评论》《Salmagundi》《新共和》《伦敦评论》《时尚先生》《文学评论》，以及《巴黎评论》。

磨 铁 读 诗 会